Te $\frac{39}{67}$

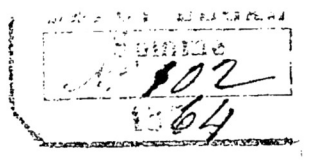

DE L'EMPLOI

DES

ANESTHÉSIQUES EN CHIRURGIE

**Discours de réception de M. le docteur Herbet,
à l'Académie d'Amiens.**

(Séance du 12 Novembre 1863).

MESSIEURS,

La médecine se rattache par les liens d'une étroite solidarité à toutes les branches des connaissances humaines ; les conquêtes de la science ont presque toujours été l'origine de ses progrès, et ce n'est pas au milieu de vous qu'il pourrait être utile d'insister sur l'influence qu'exercent sur elle les études philosophiques et littéraires ; aussi l'honneur d'appartenir à une Compagnie qui, comme l'Académie d'Amiens, réunit des hommes d'étude et de savoir, mais en même temps d'aptitudes et d'occupations différentes, a-t-il toujours été hautement apprécié par les médecins. Si, en effet, l'échange

1864

d'idées, la communication de travaux et de recherches embrassant presque tout le domaine de l'intelligence, est utile à tous, il est profitable à un degré plus marqué encore aux hommes de notre profession. Qu'il me soit donc permis, à mon entrée dans cette enceinte, de me féliciter des nombreux avantages que je recueillerai de mon commerce avec vous.

Le contingent que j'apporte à l'Académie est loin d'égaler ce que je suis appelé à en recevoir ; étranger à tout ce qui n'est pas la médecine, je ne puis vous entretenir que des choses de ma profession ; humblement placé dans la science, je n'enrichirai pas le compte-rendu de vos séances de l'exposé de brillantes découvertes ; je dois me borner à résumer, à apprécier, devant vous, les travaux d'autrui ; heureux si je puis ainsi contribuer à dissiper quelques préjugés, à répandre la vérité, à propager quelqu'utile pratique.

Une découverte faite en 1846, par deux chirurgiens américains, MM. Morton et Jackson, eut alors un immense retentissement, et trois médecins, vos collègues à cette époque, dont la perte est encore si vivement ressentie par vous, en firent tous trois l'objet de communications diverses à l'Académie. L'illustre et à jamais regrettable M. Barbier (d'Amiens), par son exquise sensibilité, par sa bonté sans égale, par sa profonde et sympathique commisération pour tout malheur, pour toute souffrance, était plus que personne disposé à apprécier et à faire ressortir tout ce qu'il y a d'heureux et de bien dans l'emploi des anesthésiques. L'amour de la science joint à l'habitude des opérations, à une incontestable vocation pour la chirurgie, permettait à M. le docteur Andrieu des recherches et des expériences dont les résultats soumis à vous d'abord, Messieurs, et aussi à des corps savants plus exclusivement voués aux études médicales, valurent à leur auteur de flatteuses distinctions. — M. le docteur Follet enfin, esprit chercheur, qui toute sa vie s'est montré si plein d'enthousiasme pour tout ce qui, dans la science, lui paraissait être un progrès, dut saisir avec empressement l'occasion d'essayer et de propager le nouvel agent thérapeutique.

Je n'ai pas, Messieurs, la prétention de refaire aujourd'hui l'œuvre de ces éminents confrères, mais il m'a paru que je ne saurais mieux prouver à l'Académie combien je lui suis reconnaissant de l'honneur qu'elle me fait en m'admettant dans son sein, qu'en lui montrant ma volonté de suivre de loin la trace de mes devanciers ; qu'en essayant, dans la limite de mes forces et de mon intelligence, de continuer leurs traditions, de compléter leurs travaux ; et comme pour les anesthésiques, ainsi que pour toutes les choses de ce monde, les temps d'épreuves et de doutes n'ont pas tardé à suivre les joies et les triomphes de l'avénement dans la science, j'ai voulu retracer devant vous ces épreuves et ces doutes, pour arriver enfin à une appréciation aussi éloignée d'un enthousiasme irréfléchi que d'une crainte exagérée.

Dans les maladies, dans les opérations chirurgicales, la douleur est un phénomène d'une grande importance. Ce n'est pas, en effet, au point de vue de la guérison, du succès d'une opération, chose indifférente en soi que le plus ou moins de souffrance éprouvée par le malade; et en dehors du sentiment naturel qui porte tout homme à compâtir aux misères de ses semblables, le médecin, le chirurgien trouvent encore dans les conséquences graves, quelquefois terribles, qu'entraînent à leur suite les violentes douleurs, des raisons de les éviter et de les combattre.

Toute douleur vive, ou longtemps prolongée, peut être la cause de redoutables accidents ; après y avoir été soumis, le malade fatigué, abattu, étourdi, brisé, reste pâle et défaillant ; il éprouve, tantôt des syncopes, des convulsions, tantôt une réaction qui va jusqu'à produire un délire momentané. L'organisme tout entier a été atteint et la prostration des forces, résultant de souffrances excessives, non seulement entrave, retarde la guérison, mais peut aller jusqu'à la mort même. C'est ainsi qu'après, ou même pendant des opérations chirurgicales, on a vu des malades succomber, sans qu'il soit possible d'expliquer la mort autrement que par l'excès de la douleur.

Et ne croyez pas, Messieurs, que le courage de l'opéré, surexcité par l'amour-propre, soutenu par une résignation religieuse, ou par une force d'âme peu commune, puisse éloigner ou amoindrir les déplorables effets des violentes douleurs ; au contraire, c'est quand l'homme réagit contre elles, quand il les dompte et en réprime toutes les manifestations, que des accidents sérieux sont le plus à craindre.

Aussi le chirurgien ne recherche-t-il pas l'impassibilité chez les malheureux auxquels il est contraint d'imposer de salutaires tortures; loin de là, les douleurs muettes l'étonnent et le chagrinent, et il s'efforce de solliciter chez ses malades les plaintes et les cris par lesquels ils exhalent et soulagent leurs souffrances.

C'est cette conviction qui inspirait à un chirurgien militaire du commencement de ce siècle, au savant et habile Percy, les paroles suivantes : « L'orgueilleux

» stoïcien a dit : La douleur n'est pas un mal, se plain-
» dre est indigne de l'homme, crier est une honteuse
» pusillanimité. Le vrai philosophe, au contraire, s'hu-
» miliant sous la main de la nature, reconnaît l'empire
» de la douleur, avoue que la plainte est permise à celui
» qui souffre, et fait consister la faiblesse, non dans des
» cris qu'il est si difficile de retenir, mais dans leur
» intempérance et leur excès. . . . . Tout être doué
» de sensibilité est accessible et sujet à la douleur, et
» par cela même condamné à l'exprimer par des agita-
» tions extraordinaires ou par des cris. S'il est pres-
» qu'impossible d'étouffer ceux-ci dans les maladies
» très-douloureuses, il est très-dangereux de s'en abste-
» nir dans les grandes opérations de chirurgie qui, de
» tout temps, en ont arraché aux individus qui y ont été
» soumis. »

Comme tous les animaux, l'homme éprouve une crainte
innée de la douleur qui, chez lui aussi, vient puissam-
ment en aide à l'instinct de la conservation. Mais en
raison même du développement plus parfait de son intelligence, il ressent plus vivement les impressions pé-
nibles auxquelles il est exposé. Il prévoit la douleur,
elle frappe, pour ainsi dire, son esprit avant d'atteindre
son corps, et chez lui la souffrance s'accroît toujours de
toute l'appréhension qu'elle inspire. Une blessure inat-
tendue est souvent à peine douloureuse, et comme le dit
Montaigne : « Nous sentons plus un coup de rasoir du
» chirurgien, que dix coups d'épée en la chaleur du
» combat. » Ce n'est pas tout : en dehors de l'état moral
du malade, qui, nous le voyons, a une influence si mar-
quée sur sa sensibilité, l'état physique des organes en
exerce une non moins certaine, non moins puissante ;
tel tissu qui, à l'état sain, est complètement insensible,

devient, par suite de la maladie, d'une inflammation par exemple, le siége d'horribles douleurs.

Le chirurgien, dans la plupart des cas, opère sur des parties malades dont la sensibilité est surexcitée ; il agit sur des personnes préparées à son opération, résignées à s'y soumettre, mais, à cause de cette attente, de cette résignation mêmes, plus disposées à ressentir toutes les impressions douloureuses. Pour être chirurgien il ne faut pas s'arrêter avec trop d'attention et trop d'inquiétude aux cris, aux plaintes et aux supplications des malades. On doit s'accoutumer par la pratique à les entendre sans en être troublé, et cependant, comme le dit encore Percy, les chirurgiens ne deviennent pas pour cela impitoyables ; chez eux ce n'est pas le cœur qui s'est endurci, ce sont les oreilles.

La pitié a si bien conservé tous ses droits sur le cœur des chirurgiens, que toujours ils se sont attachés à rendre les opérations moins douloureuses et moins lamentables. Agir avec une promptitude qui n'exclut ni la prudence ni la sûreté ; détourner l'attention du blessé, encourager par de bonnes paroles, par des marques d'affection, le malheureux patient ; avoir soin, par-dessus tout, de se servir toujours d'instruments de choix, dont l'usage est plus rapide et moins douloureux, étaient et sont des expédients mis en usage par tous les hommes de l'art. Ils avaient aussi cherché à modifier soit la sensibilité générale, soit localement celle de la partie affectée ; mais les ressources employées, les opiacés, les alcooliques poussés jusqu'à l'ivresse, une compression énergique des membres sur lesquels devait porter l'opération, offraient trop de sérieux inconvénients pour que de pareils essais pussent être érigés en méthode générale, en procédés usuels.

La découverte faite, à la fin de l'année 1846, par Jackson et Morton, des propriétés de l'éther sulfurique pour produire l'insensibilité pendant les opérations, vint fournir aux chirurgiens le moyen de supprimer la douleur, qu'ils avaient vainement cherché jusqu'alors. Connues presqu'en même temps en France et en Angleterre, les expériences des chirurgiens américains y furent aussitôt répétées, et le 12 janvier 1847, M. Malgaigne communiquait, le premier, à l'Académie de Médecine, les résultats de plusieurs opérations pratiquées par lui, à l'Hôpital Saint-Louis, sur des malades privés de toute sensibilité au moyen des inhalations d'éther. Dès lors tous les chirurgiens entreprirent des essais, et la méthode fut promptement vulgarisée.

Vous vous rappelez, Messieurs, la joie et l'enthousiasme excités par cette heureuse découverte. La douleur était vaincue ! Des histoires touchantes de malheureux amputés, réclamant avec reproches et instances une opération faite à leur insu et pendant un sommeil bercé même, pour quelques-uns, par des idées riantes, par des rêves de bonheur, furent citées de toutes parts.

Adoptées, presque sans contestation, par tous les chirurgiens, les inhalations d'éther ne furent cependant pas employées à l'aveugle et sans précautions ; des essais sur les animaux, des mesures de prudence précédaient toujours l'étude attentive du nouvel agent thérapeutique sur l'homme sain et sur l'homme malade. Il suffit de parcourir les collections des journaux de médecine, pour reconnaître avec quel soin, avec quelle ardeur furent recherchées toutes les conditions, toutes les conséquences de l'application des vapeurs d'éther aux opérations chirurgicales.

Moins d'une année après la découverte de l'éthérisation, M. Simpson, dans un mémoire ayant pour titre : *Histoire d'un nouvel agent anesthésique proposé comme remplaçant de l'éther sulfurique pour les cas de chirurgie et d'accouchement*, soumettait à la Société médico-chirurgicale d'Edimbourg de nombreuses expériences faites par lui sur l'emploi du chloroforme, corps découvert par M. Soubeiran, et dont les propriétés anesthésiques avaient déjà été signalées par M. Flourens.

Les avantages du chloroforme sur l'éther sulfurique, exposés par M. Simpson, dans son travail, sont les suivants : une action plus prompte, plus complète et plus durable, une puissance anesthésique très-grande ; la suppression de la période d'excitation, du moins dans la majorité des cas ; une administration plus agréable pour le malade, plus simple pour l'opérateur qu'elle dispense de la nécessité de l'emploi d'un appareil. Ces avantages, constatés par MM. Roux et Velpeau, n'étaient pas exempts d'inconvénients, et si M. Flourens avait justement nommé l'éther sulfurique un agent merveilleux et terrible, il avait raison d'ajouter que le chloroforme est un agent plus merveilleux et plus terrible encore. Dès les premiers moments, des craintes graves furent exprimées, et MM. Sédillot (de Strasbourg), et Bouisson (de Montpellier), insistèrent avec force sur les dangers du chloroforme. En effet, Messieurs, l'imperfection de la nature de l'homme s'étend aux œuvres mêmes les plus brillantes de son génie.

Déjà, le 20 février 1847, un cas de mort, attribué aux inhalations d'éther, avait été signalé ; mais ce fait et ceux très-rares, du reste, qui furent publiés, pouvaient s'expliquer, soit par la gravité même de l'état des individus opérés, soit par une application défectueuse et imprudente du procédé anesthésique ; aussi, ils ne produisirent pas grande sensation dans le monde médical. Mais un cas de mort survenu, pendant l'emploi du chloroforme, chez une demoiselle de 30 ans, d'une bonne santé, et annoncé à l'Académie de Médecine, dans sa séance du 4 juillet 1848, par M. Gorré, chirurgien en chef de l'Hôpital de Boulogne, vint donner l'éveil. Des accidents de même nature avaient déjà été signalés en Angleterre, et le 11 juillet 1848 un nouvel exemple était apporté à l'Académie par M. Robert, chirurgien de l'Hôpital Beaujon.

L'examen de tous ces faits fut renvoyé par l'Académie de Médecine à une commission au nom de laquelle, dans la séance du 31 octobre 1848, M. Malgaigne présenta un rapport dont les conclusions, adoptées le 6 février 1849, après une longue et brillante discussion, sont les suivantes :

« 1º Le chloroforme est un agent des plus énergiques,
» qu'on pourrait rapprocher de la classe des poisons, et
» qui ne doit être manié que par des mains expéri-
» mentées.

» 2º Le chloroforme est sujet à irriter, par son odeur
» et son contact, les voies aériennes ; ce qui exige plus
» de réserve dans son emploi lorsqu'il existe quelqu'af-
» fection du cœur ou des poumons.

» 3º Le chloroforme possède une action toxique pro-
» pre, que la médecine a tournée à son profit en l'arrê-
» tant à la période d'insensibilité, mais qui trop long-
» temps prolongée peut amener directement la mort.

» 4º Certains modes d'administration apportent un
» danger de plus étranger à l'action du chloroforme
» lui-même ; ainsi l'on court des risques d'asphyxie,
» soit quand les vapeurs anesthésiques ne sont pas

» suffisamment mêlées d'air atmosphérique, soit quand
» la respiration ne s'exécute pas librement.

» 5° On se met à l'abri de tous ces dangers en obser-
» vant exactement les précautions suivantes : 1° s'abs-
» tenir ou s'arrêter dans tous les cas de contr'indication
» bien avérée, et vérifier, avant tout, l'état des organes
» de la circulation et de la respiration ; 2° prendre soin,
» durant l'inhalation, que l'air se mêle suffisamment
» aux vapeurs de chloroforme, et que la respiration
» s'exécute avec une entière liberté ; 3° suspendre l'in-
» halation aussitôt l'insensibilité obtenue, sauf à y
» revenir quand la sensibilité se réveille avant la fin de
» l'opération. »

Malheureusement cette dernière conclusion n'est pas
tout à fait exacte, et il est des cas, peu nombreux, mais
incontestables, dans lesquels la mort ne peut être attri-
buée à l'oubli d'aucune des précautions qu'a formulées
la science, à la négligence d'aucune des mesures que
peut conseiller la prudence la plus scrupuleuse. Cette
vérité fut reconnue en 1853 par la Société de Chirurgie.
A propos d'un savant Mémoire lu à cette Société par
M. le docteur Robert. Il fut démontré, par la discussion,
que, dans un nombre assez considérable de cas, le
chloroforme a déterminé la mort des opérés, sans que
rien dans les moyens employés pour son administration
puisse être invoqué pour expliquer ce résultat funeste.
En 1857, une nouvelle discussion s'ouvrit à l'Académie
impériale de Médecine, provoquée par M. Devergie qui
proposait de conseiller, pour la chloroformisation, l'emploi d'un appareil ; il fut alors reconnu qu'indépendam-
ment du mode d'administration, et malgré toutes les précautions prises, la mort peut, dans quelques cas malheu-

reux, être promptement amenée par le chloroforme. Quant à l'emploi des appareils, l'Académie, sur les observations des chirurgiens les plus compétents, les rejetta comme inutiles et présentant quelquefois des dangers.

La certitude des périls auxquels expose l'emploi, même le plus méthodique, du chloroforme, donna une impulsion nouvelle aux recherches déjà entreprises, pour trouver des succédanés de l'éther sulfurique et du chloroforme. Les propriétés anesthésiques existent dans un grand nombre de corps, mais quelques-uns sont en même temps des poisons très-actifs; ceux qui ne présentent pas ce grave inconvénient sont : les éthers chlorhydrique, bromhydrique, chlorhydrique chloré, acétique, l'aldéhyde, le chloroformo-méthylal, l'huile de naphte; l'amylène proposé par M. Snow en 1857, la kérosolène, l'acide carbonique mélangé à l'air essayé en 1862, par M. Ozanam. Mais aucun de ces composés n'offre des avantages certains, et les dangers auxquels donnent lieu quelques-uns d'entr'eux, sont plus grands que les dangers du chloroforme lui-même.

Des tentatives furent faites aussi dans une autre voie; on essaya de produire l'insensibilité des parties seules sur lesquelles devait porter l'opération. Une congélation momentanée, à l'aide d'un mélange de glace et de sel, fut employée dans ce but; mais l'insensibilité locale ainsi obtenue n'atteint les tissus qu'à une profondeur très-limitée, et ne saurait suffire pour les grandes opérations. Jusqu'à ce jour les essais d'anesthésie locale ont pu faire concevoir des espérances, mais n'ont pas donné de résultats décisifs.

Vous le voyez, Messieurs, tous les chirurgiens reconnaissent les dangers des anesthésiques; tous se préoc-

cupent des moyens de les combattre et de les éviter ;
de là de nombreuses divergences d'opinions. Pour les
uns, et les chirurgiens de Paris sont de ce nombre, le
chloroforme est et doit rester l'agent préféré ; d'autres,
la Société de Médecine de Lyon s'est prononcée dans
ce sens, aiment mieux recourir à l'éther sulfurique qui,
malgré quelques désavantages, n'en suffirait pas moins
pour le but à atteindre, et n'exposerait à aucun danger ;
une troisième opinion voudrait que l'on réservât le
chloroforme pour les constitutions d'élite et pour les
opérations dans lesquelles les inhalations ne doivent
pas être plusieurs fois renouvelées, et qu'on se servît
de l'éther sulfurique dans toutes les autres occasions.
Mais jamais l'existence même de la méthode anesthésique ne fut mise en question ; jamais l'abandon de cette
précieuse conquête ne fut demandé ; des indications,
des contr'indications furent posées, des précautions con-
seillées, tel agent préconisé aux dépens de tel autre,
mais jamais, je le répète, on ne fut tenté de proscrire la
méthode anesthésique.

En effet, si les dangers de l'anesthésie sont certains,
ils sont loin d'être fréquents. En 1850, M. Roux esti-
mait que les anesthésiques avaient été mis en usage
plus de cent mille fois, et sur ces cent mille individus
on citait à peine douze ou quinze cas de mort. Aujour-
d'hui, un chirurgien distingué admet la proportion de
un mort sur vingt mille anesthésiés ; or, je vous le
demande, est-il un seul des agents, que la thérapeutique
emploie tous les jours, et qui jouisse de quelqu'activité,
qui, soumis à une enquête aussi sévère, ne puisse donner des résultats plus funestes.

En supposant même que l'on ait fait bon marché de
la douleur ; en admettant, ce qui est loin d'être démon-

tré, que l'influence heureuse de l'emploi des anesthésiques sur le résultat final des opérations soit nulle et ne
vienne pas compenser les accidents auxquels ils expo-
sent, la méthode anesthésique devrait encore être conservée. Quels services ne rend-elle pas dans des cas
difficiles où, privé de son aide, le médecin serait presque
réduit à l'impuissance ! Si, dans les accouchements, les
anesthésiques ne doivent pas être administrés sans dis-
tinction, à tous les sujets, comme cela se pratique en
Angleterre, il est néanmoins des cas où leur usage est
indispensable ; dans l'éclampsie puerpérale, dans certaines présentations vicieuses de l'enfant, où la version
pelvienne est rendue impossible par des convulsions
violentes et continues, dans de pareilles circonstances,
le chloroforme a souvent, et mon confrère et ami, M. le
docteur Lenoël, en est le témoin convaincu, permis de
terminer un accouchement jugé impossible par des pra-
ticiens habiles et expérimentés. On ne saurait de gaîté
de cœur se priver de ce moyen de réduire certaines frac-
tures, certaines luxations des membres où, comme je
l'ai moi-même éprouvé, la force de plusieurs hommes
ne suffit pas pour vaincre la résistance des muscles con-
vulsivement rétractés, de cette ressource infaillible pour
reconnaître et déjouer la simulation de nombreuses maladies.

En résumé, Messieurs, et pour mettre fin à ce trop
long travail, la méthode anesthésique est entrée, pour
n'en plus sortir, dans la pratique chirurgicale ; ses
dangers, rares il est vrai, mais malheureusement jusqu'à ce jour inévitables, font qu'on ne doit l'em-
ployer ni sans précautions, ni à la légère ; mais ils ne
doivent pas lui faire perdre la place que lui ont conservée
ct que lui conservent encore les chirurgiens les plus

habiles et les plus prudents. Pour moi, Messieurs, dnas les occasions, peu nombreuses encore, où l'anesthésie m'a paru indispensable, je n'ai pas hésité à la produire, et jamais la crainte des conséquences fâcheuses que pourrait avoir pour ma fortune, ou pour ma réputation, un revers que je n'aurai pu éviter ni prévoir, ne me fera refuser les bienfaits des anesthésiques à un malade pour lequel leur nécessité me sera démontrée.

Amiens. — Imprimerie de E. YVERT, rue des Trois-Cailloux, 64.